Marten Zabel

Jon Danger und der Himmel von Abessinien

Jon Danger, Band 2

Marten Zabel

Jon Danger und der Himmel von Abessinien

Abenteuerroman

Bibliografische Information der Deutschen Nationalbibliothek:
Die Deutsche Nationalbibliothek verzeichnet diese
Publikation in der Deutschen Nationalbibliografie; detaillierte
bibliografische Daten sind im Internet über http://dnb.dnb.de
abrufbar.

Weitere Informationen unter jondanger.com

Verlag: BoD · Books on Demand GmbH, In de Tarpen 42,
22848 Norderstedt

Druck: Libri Plureos GmbH, Friedensallee 273, 22763
Hamburg

ISBN: 978-3-7693-0596-8

Dr. Jonathan Daniel Danger saß vor einem Bier, von dem er nicht wusste, wie er es bezahlen würde. Das Getränk war schon zu zwei Dritteln leer und wurde in der afrikanischen Hitze langsam schal und warm. Aber er hatte es gebraucht – gegen den massiven Kater. Der, so war sich Jon sicher, kam von mehr als nur Alkohol.

Er war auf einen uralten Trick hereingefallen. Zwei Frauen, hübsch, verführerisch. Die Gelegenheit, frisch gebrautes Tella zu probieren – eine regionale Spezialität. Zu viel davon – war es mit etwas versetzt gewesen? Von dem, was sich nach der Bar auf dem Hotelzimmer zugetragen hatte, nur sehr bruchstückhafte Erinnerungsfetzen. Sie hatten alles genommen, was sich zu Geld machen ließ: Bares, natürlich, aber auch seine Reiseschreibmaschine, die Lupe seines Großvaters, den Kasten mit Peilinstrumenten. Zum Glück, resümierte Jon, hatten sie ihm seine Notizbücher gelassen.

Jon saß also am Vormittag als einziger Gast in einer kleinen Bar in Dschibuti. Er brauchte erst einmal einen klareren Kopf, um überlegen zu können, wie er aus dieser Situation wieder herauskommen würde. Der Barmann, ein kleiner, schmächtiger Franzose mit Halbglatze, beäugte ihn mittlerweile misstrauisch. Dann öffnete sich die Tür und Jon sah, dass sich das Blatt gewendet hatte.

Mit ihrer dunklen Haut hätte man sie fast für eine Einheimische halten können. Schön war sie, mit großen, dunklen Augen, vollen Lippen und einer krausen Menge Haar, die sie nach hinten zurückgebunden trug. Was dagegen sprach, dass sie von hier war, waren zwei Dinge: Zum einen liefen einheimische Frauen nicht in Tropenkhakis herum. Zum anderen kannte Jon Ashleigh Hanworth aus dem Studium in Arkham.

„Leigh!" Jon stand auf, während sich die Frau in der Tür noch an das Schummerlicht der Bar gewöhnen musste.

Ihre Augen leuchteten auf, als sie ihn erkannte. „Doktor Jon Danger? Was zur Hölle machst du denn hier?"

„Ashleigh Hanworth, das Gleiche könnte ich dich fragen – nicht nur zu Dschibuti, sondern auch für diese Bar."

„Es heißt jetzt Doktor Ashleigh Hanworth, Jon", lächelte Leigh.

„Oh, das ist ja großartig, sie haben dich tatsächlich zugelassen? Gratuliere!" Leigh war zu Jons Zeiten die erste schwarze Studentin an der Miscatonic University gewesen. Ihr Vater war dafür eigens von England übergesiedelt. Trotz exzellenter Leistungen hatte es zunächst so ausgesehen, als würde man der Tochter eines Briten und einer Somalierin die Doktorwürde verweigern. Dr. Hanworth (der nun Ältere) hatte für seine Tochter gekämpft wie ein Löwe.

Leigh setzte sich zu Jon, der sich ebenfalls wieder hinsetzte. „Ich würde dich ja direkt zur Feier einladen aber ich wurde beraubt und habe aktuell keinen Penny bei mir", gab Jon zu.

„Geld ist kein Problem", antwortete Leigh, „ich habe ein gutes Forschungsstipendium. Die wollen mich möglichst lange loswerden, bevor ich noch auf die Idee komme, eine Stelle als Professorin anzustreben." Sie zwinkerte ihm auf ihre altbekannte, liebliche Art zu. „Drinks gehen auf mich. Aber vielleicht können wir uns gegenseitig helfen."

„Schieß los, Leigh."

Als sie die Bar verließen, blendete die heiße Sonne der Äquatorregion Jon. Leigh und er hatten festgestellt, dass sie beide das gleiche Reiseziel hatten: Addis Abeba, die Hauptstadt des Kaiserreichs Abessinien. Nur hatte Leigh im Gegensatz zu Jon Geld, Gepäck und drei Zugtickets. Ihre beiden Helfer allerdings waren abgehauen, als sie das erste Mal auf ihre Verfolger gestoßen waren.

„Die Kerle nennen sich Ritter des Goldenen Zirkels", sagte Leigh, während sie und Jon die staubige Straße zwischen sandsteinfarbenen Gebäuden entlangschritten. „Eigentlich kommt die Organisation aus den Staaten – aber diese Typen sind ihren Akzenten nach zu urteilen aus Südafrika. Schlechte Verlierer aus den Burenkriegen, nehme ich an." Jon hatte bei seiner Zeit in der Armee von den Burenkriegen gehört. Ältere Briten vom Corps hatten davon erzählt. Für die Verhältnisse britischer Kolonialkriege war es ein äußerst gefährlicher Konflikt gewesen. Ein „Oh Mist" von Leigh riss ihn aus seinen Überlegungen.

Vor ihnen stand, quer über die staubige Straße geparkt, ein offenes Automobil. Im Heck war offenbar ein Maschinengewehr auflaffetiert, auch wenn es von einer Plane verhüllt war. Vor dem Fahrzeug standen zwei Männer, ein weiterer stand daneben. Weiße, in seltsam uniformhaften Outfits, die aber alle nicht einheitlich waren. Sie trugen Hüte mit weiten Rändern und hatten die Körperhaltung von Leuten, die wussten, dass sie gefährlich waren. Jon und Leigh waren zwanzig Schritte vor den Männern stehengeblieben. Jon blickte sich um. Der Hinterhalt war gut gewählt: Zur Straße gab es von den Gebäuden hier nur versperrte Holztüren. Und hinter ihnen blockierte gerade ein zweiter Geländewagen die Fluchtmöglichkeit in diese Richtung.

„Die kleine Wildenprinzessin hat sich also einen Kerl als Palastwache besorgt", sagte der Mann neben dem ersten Fahrzeug, offenbar der Anführer. Sein fast schon holländischer Akzent war ein klarer Indikator für seine Herkunft. „Wir wiederholen uns nur ungern. Gib uns den Anhänger und wir lassen dich am Leben, du kleines

Mulattenflittchen." Jon nahm aus dem Augenwinkel wahr, wie Leigh innerlich brodelte und äußerlich errötete. Er überlegte fieberhaft, wie man der Situation begegnen konnte. Dann sprintete er los.

Zwanzig Meter zwischen dem Geländewagen und ihm waren nicht genug, als dass einer der Männer das Maschinengewehr erreichen, auspacken und feuerbereit machen konnte. Auf diese und die Tatsache, dass die Männer aussahen, als trugen sie keine schnell erreichbaren Schusswaffen, wettete Jon in diesem Augenblick sein Leben. Schüsse, das musste allen klar sein, würden sehr schnell die französischen Kolonialgendarmen auf den Plan rufen. Das konnte nicht im Interesse dieser Männer sein. Die zwanzig Meter gaben dem Trio beim Fahrzeug allerdings genug Zeit, zu reagieren. Der Anführer rief etwas auf Burisch und seine beiden Unterlinge gingen auf Jon los. Er selbst setzte sich seitlich in Bewegung.

Einer der Männer sprang Jon direkt an, der andere blieb ein paar Schritte zurück und zückte ein Messer aus dem linken Ärmel seines Hemds. Jon und der erste Angreifer prallten zusammen, Jon hatte es aber geschafft, seine offene Hand mit angespanntem Handballen zwischen ihre Gesichter zu bringen. Der Aufprall brach dem Mann, das spürte Jon, die Nase und ließ ihn jaulend zu Boden gehen. Jon verlor keine Zeit, der Mann mit dem Messer aber schon: Sein Blick folgte seinem blutenden Kameraden zu Boden – genug Ablenkung für Jon, um an dessen Klinge vorbeizukommen und den Messerarm mit beiden Händen am Handgelenk zu packen.

Der Bure machte nicht den im Messerkampf typischen Fehler, sich nur auf seine Klinge zu konzentrieren und rammte Jon seinen Kopf ins Gesicht. Der konnte sich noch ein

Stück weit abwenden und so zertrümmerte die Kopfnuss nicht seine Nase, traf ihn aber hart am Jochbein. Jons Sicht verschwamm, verengte sich. Er ließ das Messer nicht los, riss ein Bein hoch in die generelle Richtung des Schritts seines Gegners. Er erwischte diesen nur am Bauch, aber das reichte, um dem Mann die Luft aus der Lunge zu pressen.

Jon versuchte gerade, seinem Gegner die Waffe abzunehmen, als er ein „Hey Arschloch" hinter sich gebrüllt hörte. Sein Gegner und er hielten im Kampf inne und drehten sich um. Der Anführer des Trupps hatte Leigh erreicht. Er hielt sie mit der Linken bei den Haaren gepackt und mit der Rechten ein Faustmesser an ihre Kehle. „Hören Sie mit den Dummheiten auf, dann muss hier heute niemand sterben. Vielleicht lassen wir sogar die Mulattenschlampe ganz."

Leigh reagierte prompt und für ihren Häscher völlig unerwartet: Sie packte seine Messerhand, kugelte sich nach vorne ein, brachte seinen Schwerpunkt über ihren und warf ihn über die Schulter. Er schlug hart mit dem Rücken auf der staubigen Straße auf und ließ in diesem Moment auch ihren Zopf los. Jon, der wusste, dass Leigh an der Universität im Judo-Team der Frauen gewesen war, löste sich einen Moment schneller aus der Überraschung als sein eigener Gegner. Er schlug dem Mann unerwartet in den Solarplexus und schickte ihn so keuchend zu Boden. Dann sprang er auf den Geländewagen.

Die Männer auf dem anderen Geländewagen hatten begonnen, ihr Fahrzeug so zu manövrieren, dass sie die Straße entlangfahren konnten. Jon stand auf der Rückbank des unbemannten Fahrzeugs und riss die Plane vom Maschinengewehr. Es war eine Lewis-Gun – er hatte so eine Waffe schon einmal bedient. Er zog den Ladehebel durch, als

Ashleigh das Fahrzeug erreichte und direkt auf den Fahrersitz sprang. „Er läuft. Perfekt", bemerkte sie. „Festhalten!" Jon fiel trotz der Warnung fast vom Wagen, als Leigh den Gang einlegte, Gas gab und sich das Vehikel mit einem Ruck in Bewegung setzte.

Sie fuhren die staubigen Straßen von Dschibuti entlang. "Wir können nicht zum Bahnhof. Da werden mehr von denen sein und wir sind zu spät dran, das alles den Gendarmen zu erklären. Die dürfen auf keinen Fall vor uns in Addis Abeba sein. Henk wusste irgendwoher von Mister Abdi, das hat er mir gesagt, als er mich gepackt hat." Leigh musste laut rufen, um den Motorenlärm zu übertönen. Dann hämmerten Donnerschläge hinter ihnen. Das andere Auto war fünfzig Meter die Straße runter eingebogen und der Mann im Heck bediente seinerseits ein Geschütz – allerdings war dies deutlich größer als die Lewis Gun, an die sich Jon klammerte.
„Ein Pompom", rief er aus und schwang das Maschinengewehr herum.

In Belgien hatte die britische Armee derartige Waffen zur Fliegerabwehr genutzt, erinnerte Jon. Es war ein Maxim-MG, das zur Maschinenkanone hochskaliert worden war. 37 Millimeter Kaliber. Ein Schuss daraus würde einen Menschen zwei Hälften reißen. Der Schütze feuerte eine weitere Salve auf sie, hämmerte vier Schuss in ihre Richtung, verfehlte mit allen. Löcher wurden in Häuser gerissen. Die Geschosse detonierten beim Aufschlag, sanden Staub und Trümmer in die Straßen. Jon erwiderte das Feuer mit dem Lewis-MG: Es ratterte und das Pfannenmagazin auf der Waffe drehte sich mit jedem Schuss ruckartig ein Stück weiter. Jon zielte tief – im Gegensatz zu seinen Gegnern wollte er verhindern, dass die Kugeln Hauswände und unschuldige Bewohner der Stadt durchschlugen.

Leigh hielt den Wagen kurz gerade – lang genug für Jon, um eine letzte, lange Salve ins Ziel zu bringen. Kugeln schlugen in den Kühlergrill und Motorblock des Wagens der Verfolger. Dieser rollte aus, fiel zurück. „Weich aus!" brüllte Jon und Leigh reagierte sofort, riss das Steuer herum – Jon wäre erneut fast vom Wagen gefallen – und bog in eine Seitenstraße, als die Feinde noch eine Salve hinter ihnen herhämmerten. Dann waren sie entkommen.

„Fahr da vorne links. Ich habe eine Idee."

„Wir kommen mit dieser Kiste nie bis nach Abessinien, Jon. Woher sollen wir Treibstoff bekommen?"

„Gar nicht. Wir fangen den Zug ein und steigen während der Fahrt zu. Jetzt da rüber!" Sie ließen die Gebäude der Stadt hinter sich. Vereinzelte Haine von Bäumen, Hütten und Ziegenherden, die auf dem trockenen Boden nach Nahrung grasten, bestimmten plötzlich die Landschaft.

Sie parkten den Geländewagen in einer Baumgruppe versteckt. Sie hatten eine halbe Stunde, bis der Zug hier vorbeifahren würde. Sicherheitshalber ließen sie den Motor im Leerlauf vor sich hintuckern. Im Schatten war die Hitze nicht ganz so unerträglich. Jon ließ sich von Leigh erklären, was genau die selbsternannten Ritter von ihr wollten. „Das hier", antwortet Leigh und öffnete die oberen beiden Knöpfe ihres Khakihemds, was Jons Blick auf ihren durchaus üppig gefüllten Ausschnitt zog. An Leighs Hals trocknete zudem etwas Blut aus einem kleinen Schnitt, den die Klinge ihres Angreifers hinterlassen hatte.

Sie holte einen Anhänger hervor, der an einem ledernen Band zwischen ihren Brüsten gebaumelt hatte. Es war ein seltsames Artefakt aus noch seltsamerem Metall: Fast schwarz, aus mehreren verschränkten Dreiecken konstruiert und mit einigen Linien verziert. Es sah nicht aus, wie ein Artefakt irgendeiner Kultur, die von der Archäologie beschrieben war. Jon würde es fast für moderne Kunst halten – aber Leigh sagte: „Das hat meine Mutter von ihrer Urgroßmutter geerbt. Es ist schon sehr lange in der Familie gewesen, sagt sie. Ich habe keine Ahnung, woraus es besteht. Hast du als Atlantiker irgendeine Idee?" Jon schluckte. Tatsächlich erinnerte ihn das Stück an ein Artefakt, das mutmaßlich antedeluvischer Natur war – den Schlüssel zum Grab im chinesischen Huaiji. Und der kam laut den chinesischen Triaden, von denen er es hatte, von einem Mr. Abdi in Addis Abeba.

„Der wurde mir auch empfohlen!" Der Zufall war groß und die Überraschung in Leighs Stimme auch. „Meine Güte Jon, so führt uns ein verrücktes Schicksal hier in Afrika wieder zusammen, wie?" Jon blickte an dem so seltsamen Anhänger vorbei auf Leighs Brüste, besann sich dann aber schnell, seinen Blick zu heben und in ihre fantastischen dunklen Augen zu legen.

„Dr. Hanworth, Sie wissen, dass ich nicht an Schicksal glaube. Wir sind Wissenschaftler." Der neckende Unterton war Leigh bekannt und nicht entgangen.

„Dr. Danger, die Welt beinhaltet mehr zwischen Himmel und Erde, als sich unsere Schulweisheit vorzustellen vermag." Den letzten Halbsatz hatte Jon mitgesprochen. Dann griff Leigh ihn mit beiden Händen am Kopf, zog ihn zu sich und küsste ihn innig.

Sie hatten keine halbe Stunde aber es war wie in alten Zeiten und sie hatten den Körper des jeweils anderen noch gut im Gefühl. Jon öffnete die restlichen Knöpfe von Leighs Hemd und sie die seinen, während sie sich gierig küssten und ihre Zungen einander umschlängelten. Leigh schob Jon an sich herunter und er bekam eine ihrer Brüste mit den Lippen zu fassen und saugte daran, während ihre Hände durch sein Haar fuhren und ihn liebkosten. Jons Hände wanderten an ihrem Rücken herunter, fanden die Rundung ihres Hinterns. Leigh setzte sich auf den laubbedeckten Boden, zog Jon hinter sich her.

Leigh strampelte sich die Hose von den Beinen, Jon tat es ihr gleich. Sie drehte sich herum, schob ihm ihren prallen Hintern entgegen und wackelte verführerisch damit. „Na los, Dr. Danger. Wir haben nicht viel Zeit." Jon ließ sich nicht zwei Mal auffordern. Er griff sie bei den Hüften drang in sie ein. Sein Kater war ebenso vergessen wie die Gefahr, in der sie sich noch vor wenigen Minuten befunden hatten. Sie liebten sich hektisch und lustvoll, bis Jon Leigh auf die Rundung ihres Pos kam.

Schweigend zogen sie sich wieder an. „Ich hoffe dir ist klar, dass das hier nichts zwischen uns ändert, Jon Danger. Erst recht, wenn du so aussiehst, wie jetzt", sagte Leigh schließlich.

„Keine Sorge, Miss – Doktor – Hanworth", antwortete Jon, während er sein geschwollenes Gesicht betastete. „Ein Gentleman schweigt und genießt."

Das Automobil lief noch. Leigh setzte sich hinter das Steuer. „Das wird ein ziemlicher Ritt. Wie macht man so etwas überhaupt, Jon?"

„Nun, ich würde sagen, du fährst von rechts an den Zug heran und wir sehen, was passiert. Übrigens: Fahr los, da vorne sehe ich Rauch zwischen den Häusern."

Tatsächlich stieg die für Lokomotiven typische Mischung aus Dampf und Rauch zwischen den Häusern der nahen

Kolonialstadt auf und bewegte sich. Leigh fuhr los. Sie kreuzten die Gleise und fuhren darauf entlang. Dann zog der Zug langsam an ihnen vorüber.

„Fahr näher ran", rief Jon über den Lärm von Eisenbahn und Automotor. Er kletterte auf das Heck des Wagens und streckte seinen Arm nach dem letzten Waggon aus. Er bekam ihn zu fassen, schwang sein Bein über den tödlichen Abgrund zwischen den beiden Fahrzeugen, zog sich halb hinüber auf das Trittbrett am Heck des Waggons. „Gib mir deine Hand, Leigh!"

Bis zuletzt hielt Dr. Ashleigh Hanworth das Auto auf Kurs. Dann griff sie nach Jons Hand und ließ sich von ihm mit Schwung aus dem Sitz heben. Ihr Stiefel bekam ein Metallteil im Unterbau des Waggons zu fassen und dann war sie bei Jon auf dem Trittbrett. Hinter ihnen überschlug sich der Geländewagen ein wenig abseits der Gleise im staubigen Sand der Steppe. „Ihr Auto bekommen die Kerle jedenfalls nicht wieder", Jon musste über den Lärm des Zuges hinweg rufen. Leigh blickte auf das rasch kleiner werdende Wrack. „Gehen wir rein und suchen wir unser Abteil."

Die Fahrt auf der kürzlich geöffneten Bahnstrecke von Dschibuti bis Addis Abeba dauerte zwei Tage. Jon und Leigh verbrachten sie damit, in ihrem Abteil die vorbeiziehende Steppenlandschaft zu genießen und aufzuholen, was sich in ihrem jeweiligen Leben in den vergangenen zehn Monaten zugetragen hatte.

Jon zeichnete das Amulett an Leighs Hals ab – inklusive einer Andeutung der dunkeln Rundung ihres Busens darunter. Stil und Material ähnelten jenem Schlüssel, mit der sich das Grab in China hatte öffnen lassen. „Du kommst von deinem Atlantis-Kram wirklich nicht runter, was Jon?" spöttelte Leigh, als er ihr seine Theorien darlegte.

„Leigh, der Schlüssel hat die Tür ohne irgendeinen sichtbaren Mechanismus öffnen können. Es muss magnetisch gewesen sein oder so. Auf jeden Fall keine Technologie, die es im China der Zhou-Dynastie hätte geben dürfen."

Je näher sie der Hauptstadt des Abessinischen Kaiserreichs kamen, desto grüner wurde die Landschaft. Bäume standen dichter, dazwischen waren keine Sandflächen, sondern Felder für Gemüse und etwas, das Jon zunächst für Weizen hielt. Leigh klärte ihn auf, dass es sich dabei um Zwerghirse handelte. Sie näherten sich Addis Abeba.

„Selbst wenn die Ritter des goldenen Zirkels den nächsten Zug nehmen, haben wir mindestens einen vollen Tag Vorsprung. Sollten sie es per Straße versuchen, kann das Wochen dauern", sagte Leigh. „Mit dem Zug werden sie aber kaum ihren Wagen mit der Maschinenkanone mitnehmen können. Wer weiß, vielleicht haben die Gendarmen der Kolonialpolizei sie ja auch geschnappt. Nach der Nummer wäre das keine Überraschung", hoffte Jon.

„Es gibt mehr von denen, als du glaubst, Jon." Leigh blickte gedankenverloren auf die vorbeiziehende Landschaft. „Das waren nicht alle, die hinter mir her sind."

„Aber warum, Leigh? Ich meine, klar mögen sie dich nicht. Aber sie reisen gerade durch einen Kontinent voller Leute, die sie nicht mögen. Warum wollen die dein Amulett? Was wissen die, was wir nicht wissen?"

„Ich hoffe, dieser Abdi kann uns da weiterhelfen. Wenn dein chinesischer Gangster auch Kunde bei ihm war, scheint er ja ein Händchen für antedeluvische Artefakte und gefährliche Interessenten zu haben."

Der Zug erreichte den provisorischen Bahnhof vor den Toren von Addis Abeba kurz vor Mittag am dritten Tag der Reise. Von dort nahmen Leigh und Jon ein Motortaxi in die Stadt selbst. Dr. Ashleigh Hanworth hatte bereits ein Hotel reserviert – mitten im Armenierviertel der jungen Stadt. Vor einer Generation war diese Landschaft noch eine Ansammlung von Dörfern und Militärlagern gewesen – jetzt schob sich ihr Automobil durch volle Straßen gesäumt von dreistöckigen Gebäuden mit Geschäften. Die Schilder waren in unterschiedlichsten Sprachen – Amharisch und Armenisch waren in dieser Gegend aber dominant.

Jon und Leigh bezogen getrennte Zimmer. Zum einen beäugte der Besitzer des Hotels, ein Armenier mittleren Alters mit einer Narbe quer über das Gesicht, sie sehr kritisch, als sie zusammen das Gebäude betraten. Zum anderen hatte Leigh bereits zwei Zimmer bestellt – schließlich hatte sie vorgehabt, mit anderer Gesellschaft herzukommen. Jon nutzte die erste Gelegenheit seit drei Tagen, sich frisch zu machen – Leigh tat das Gleiche. Dann wollten sie gemeinsam vor dem Abendessen den Laden von Mr. Abdi aufsuchen, von dem sich beide Antworten erhofften.

Es waren keine zehn Minuten Fußweg zum Geschäft des Antiquitätenhändlers. Die Straßen waren staubig und gelegentliche Automobile wirbelten sie auf aber der meiste Verkehr in Addis Abeba war fußläufig. Träger transportierten verschiedene Waren und einmal passierten Jon und Leigh eine Gruppe von Männern der kaiserlichen Garde in verzierten Uniformen. „Die Kaisergarde ist in Alarmbereitschaft", bemerkte Leigh. „Ich habe gelesen, dass zwischen der Kaiserin und dem designierten Thronfolger Ärger anstehen könnte."

„Halten wir die Köpfe unten und finden wir Mr. Abdi", sagte Jon, bei dem Säbel und Karabiner ungute Erinnerungen wachriefen.

Der Laden befand sich in einer Gasse. Die hölzernen Fassaden der Häuser waren in den Obergeschossen mit jener für diese Breitengrade typischen Art von Gatterfenstern versehen, die nur wenig Licht und Hitze hindurchließen. Darunter befanden sich in Amharisch beschilderte Geschäfte und Teestuben. Der Laden von Abdi war neben Amharisch und Armenisch auch in Französisch und Englisch als Antiquitätenmarkt ausgezeichnet. Jon ließ Leigh den Vortritt aus der grellen Sonne in das Schummerlicht des Geschäfts.

Der Hauptraum des Ladens war, sobald sich das Auge an die Lichtverhältnisse gewöhnt hatte, ein Sammelsurium verschiedenster Gegenstände, die Regale und Tische bedeckten, auf dem Boden standen oder dort an den Wänden hingen, wo sich keine anderen Möbel befanden. Es gab Speere, Schilde und verschiedene afrikanische Klingen aus Eisen. Es gab eine Tontafel, die in kuneiformer Keilschrift beschriftet war – Jon erkannte sie als Erntebericht. Es gab ägyptische Grabbeigaben aber auch nahöstliche Keramik. Lederköcher mit Papyrusrollen darin. Fernöstliche

Holzschnitt-Drucke. Schatullen aus Ebenholz. Antike Schreibmöbel aus Europa. Steinerne Pfeilspitzen im Stil der nordamerikanischen Ureinwohner. Sogar eine Knotenkarte aus Südamerika hing an einem Sekretär, der selbst zwei Jahrhunderte auf dem Buckel haben dürfte. Ein hüfthoher Standglobus, Stand etwa 18. Jahrhundert, bildete das Zentrum des Raumes.

Zwischen all dem Plunder stand ein Mann, dessen ebenholzfarbene Haut und sandfarbene Kleidung ihn in dem Schattenspiel der Fensterläden zunächst gut getarnt hatten. Als Jon ihn erblickte, zückte er seinen Hut. In brüchigem Armenisch fragte er ihn, ob er Englisch spräche. „Oh ja, das tue ich. Nennen Sie mich Mr. Abdi. Mit wem habe ich in meinem bescheidenen kleinen Laden die Ehre?"

„Das ist Doktor Ashleigh Hanworth und ich bin Doktor Jonathan Danger, wir kommen von der Miscatonic University in Arkham. Das ist in den USA, obgleich wir beide keine US-Bürger sind", stellte Jon seine Begleiterin und sich vor. „Sie sind weit gereist, Doktor Danger. Aber Ihr Ruf eilt ihnen voraus", Abdi kramte hinter seinem Ladentisch in einem Stapel Zeitschriften, bis er eine Ausgabe der „Panamerican Archaeological Review" fand – und prompt zu einer Seite blätterte, auf der ein zu einem Artikel gekürztes Exzerpt der Dissertation eines jungen Jon Dangers zu finden war.

Jon war perplex. Leigh übernahm das Gespräch. „Ich sehe, Sie sind gut informiert, Mr. Abdi. Ihre Sammlung hier ist auch beeindruckend. Sagen Sie, was können Sie mir zu diesem Artefakt sagen?" Sie nahm ihre Halskette ab und hielt dem Antiquitätenhändler den Anhänger hin, den sie von ihrer Mutter geerbt hatte. Abdi zückte eine Lesebrille aus einer Tasche, setzte sie auf, holte dann noch eine Lupe hervor und betrachtete das eigenartige metallene Objekt gründlich von allen Seiten.

„Ein schönes Stück. Alt. Sehr alt", sagte Abdi. „Alt genug, um in das Interessengebiet Ihres Begleiters zu fallen, schöne Frau." Jon und Leigh sahen sich an. „Wenn Sie wollen, zeige ich Ihnen noch ein paar weitere Stücke, die mit ähnlicher Technik gefertigt wurden."

Mr. Abdi führte Leigh und Jon in sein Hinterzimmer. Er öffnete einen Wandtresor und holte eine flache Holzschachtel hervor. Im Inneren, das mit Samt ausgekleidet war, befanden sich fünf Gegenstände, allesamt aus demselben gräulichen Metall gefertigt wie Leighs Anhänger und der Schlüssel zum Grab in Huaiji. Eines der Artefakte war eine kastaniengroße Kugel, über und über mit filigranen Linien verziert. Eines war ein beweglich miteinander verbundenes Wirrwarr von umeinander kreisenden Ringen, das Jon als astronomisches Modell identifizierte – allerdings passten die Planeten nicht zum bekannten Sonnensystem. Eines war ein Zylinder ähnlich dem, der als Schlüssel für die Gruft in Huaiji gedient hatte. Eines war ein simpler, dreieckiger Stab, etwa so lang und dick wie Jons Zeigefinger. Ein Letztes war ein runder Rahmen mit einer milchigen Linse darin, wie ein zu dick geratenes Monokel.

„Jedes dieser Objekte ist älter als unser Kaiserreich und unsere Kirche", sagte Mr. Abdi. „Und jedes davon spricht dafür, dass die Forschung ihr Modell von der Vergangenheit gründlich überdenken muss." Jon realisierte, dass sie sich in einem Verkaufsgespräch befanden, das Abdi bereits mehrfach in der Praxis geübt haben mochte. 'Älter als das Äthiopische Kaiserreich' würde allerdings einen Zeithorizont von mehr als drei Jahrtausenden bedeuten.

„Mr. Abdi, das sind Vermutungen, mit denen wir uns gerne noch befassen können. Aber Sie haben ein Objekt ähnlich diesem da an einen Mann aus China verkauft."

„Ah ja, der Schlüssel. Er hatte eine antike Zeichnung davon dabei. Hat gut gezahlt. Meinte, er arbeite für mächtige Männer in Hongkong."

„Was können Sie mir zu meinem Anhänger sagen?" fragte Leigh.

„Der? Der ist definitiv antedeluvisch. Sehen Sie das Material … " Abdi holte etwas aus seinem Safe. Es war ein Diamantschneider für die Glasbearbeitung. Er kratzte damit an Leighs Anhänger. Das Werkzeug hinterließ keine Spuren.

Ein Poltern im Ladengeschäft unterbrach die Vorführung der Artefakte jäh. Abdi blickte kurz mit einer Mischung aus Zorn und Furcht in Richtung des Durchgangs. Dann drückte er Leigh ihren Anhänger in die Hand und gab ihr auch gleich noch den kleinen Rahmen mit der Linse aus Milchglas. „Gehen Sie. Es gibt Ärger. Finden Sie Ermias auf der Insel Daga. Er kann Ihnen vielleicht mehr sagen. Da drüben gibt es einen Hinterausgang."

Ohne weitere Erklärungen schob er Jon und Leigh zu einer schmalen Tür, hinter der sich direkt eine Gasse öffnete. Zumindest einen knappen Meter weit – die Gasse war eine schmale Kluft zwischen den Gebäuden und in ewiges Dämmerlicht getaucht. Hinter ihnen schloss Abdi die Tür und sie hörten ihn durch die Tür noch etwas rufen. Dann schepperte etwas. Dann fielen im Laden Schüsse.

Jon und Leigh sahen sich an. Dann setzten sie beide an, die Gasse hinunterzulaufen, er in die eine und sie in die andere Richtung. Ein Lärmen an Jons Ende der Gasse ließ ihn abbremsen – dann schob sich ein klobiger Schatten in die Lücke zwischen den Häusern. Jon hatte im Krieg bereits Tanks in Aktion gesehen. Dieser war nicht groß – kaum mehr als ein gepanzerter Traktor – aber ein doppelläufiges Maschinengewehr an seinem kleinen Turm schwenkte geradewegs in seine Richtung. Er machte kehrt und beschloss, dass Ashleigh den besseren Fluchtweg gewählt hatte.

„Leigh, da ist ein Panzer!" rief Jon, als er seine Freundin und Kollegin einholte, um die Hüfte packte und in den nächsten Hauseingang riss. In diesem Moment hämmerten bereits die Maschinengewehre des Fahrzeugs hinter ihnen eine langgestreckte Salve die Gasse entlang. Bröckchen von Lehmputz flogen ihnen um die Ohren, während Jon Leigh in die Türnische gedrückt hielt. Als der Panzer aufhörte zu feuern, stieß er sich ab und warf sich gegen die hölzerne Tür auf der anderen Seite der Gasse. Der Schwung reichte aus, die Tür splitterte und er flog förmlich in das dahinterliegende Gebäudeinnere. Leigh folgte geistesgegenwärtig, bevor der Tank wieder feuern konnte.

„Wieso haben die einen gottverdammten Panzer?" Jon lief mit Leigh im Schlepptau durch eine dunkle Wohnstätte, vorbei an Wandteppichen und einem Heiligenaltar, auf dem eine schwarze Mutter Gottes mit dem ebenfalls schwarzen Jesuskind zu sehen war. Er hoffte, dass diese Richtung zu einen Ausgang führte, wo ihnen niemand den Weg abschnitt.
„Das sind bestimmt nicht die Buren", keuchte Leigh. „Die können unmöglich schon hier sein. Und mit einem Panzer würden die hier nie in die Stadt kommen." Vor ihnen befand sich in einem Augenblick noch eine verschlossene Tür, dann eine Wolke aus Splittern und Staub, als ein Mann sie nach innen eintrat.

Drei Männer mit Gewehren und aufgepflanzten Bajonetten kamen durch den hellen Türrahmen in den Raum. Jon reagierte schnell, zog Leigh in eine Nische hinter einem

Wandteppich, bevor die Augen der Eindringlinge sich an das schummrige Licht gewöhnt hatten und hielt ihr vorsichtshalber den Mund zu. Die Männer hatten mit dem Krach ihres Eintritts selbst dafür gesorgt, dass sie die beiden Flüchtigen nicht hören konnten. Nun begannen sie, das Haus abzusuchen. Sie gingen nicht zimperlich vor, stießen ihre Bajonette in Vorhänge und Wandteppiche, kamen dem Versteck immer näher.

Als einer der Männer fast bei ihnen war, hob Jon die Arme und riss den Teppich aus seiner Verankerung in der Wand über der Nische. Er warf ihn auf den überraschten Mann und riss diesen so zu Boden. Bevor die anderen beiden reagieren konnten, warf Jon einem von ihnen bereits eine Vase an den Kopf, die neben der Nische gestanden hatte. Dann stürzte er sich auf den dritten Mann, bevor dieser die Geistesgegenwart fand, sein Bajonett zu heben.

Jon griff das Gewehr des Mannes, dessen Uniform er nun als die der kaiserlichen Garde erkannte. Er riss die Waffe links an sich vorbei, um sich weder Klinge noch Kugel einzufangen, und rammte dem Mann in der gleichen Bewegung seinen rechten Ellenbogen ins Gesicht. Er spürte die Nase brechen und der Soldat ging direkt zu Boden. Während das Vasenopfer noch versuchte, sich das Blut aus den Augen zu wischen, waren die Doktoren Jonathan Danger und Ashleigh Hanworth bereits zur Tür hinaus in das grelle Licht der äthiopischen Mittagssonne.

Nach einigen staubigen Straßen war klar, dass ihre Verfolger sie verloren hatten. Leigh zog Jon wortlos in eine Teestube und bestellte ihnen etwas zu trinken – in kompletter Ignoranz der seltsamen Blicke, welche die anderen Besucher des Etablissements den beiden staubigen Ausländern zuwarfen. „Das … “ Leigh setzte erneut an, „das waren Mitglieder der kaiserlichen Garde. Ich glaube, von der kaiserlichen Regentin.“ „Was wollten die von Abdi und warum in aller Welt haben sie dafür einen Panzer mitgebracht?“

„Vielleicht eilt dein Ruf dir tatsächlich voraus, Doktor Jon Danger“, sagte Leigh schnippisch.

„Wenn die wissen, wer wir sind, können wir nicht zum Hotel zurück.“

„Verdammt, auch wahr. Was sagte Abdi, zu wem wir sollen? Ermias?“

„Ja, auf der Insel Daga.“

Ihr Tee wurde serviert – eine kleine Kanne und zwei winzige Tassen aus filigranem Glas, die der Teehausbesitzer kunstvoll mit dünnem Strahl aus großer Höhe zu füllen wusste. Leigh blieb von dieser Zurschaustellung gänzlich unbeeindruckt, während Jon nur erschöpft starrte.

„Daga. Davon habe ich schon einmal gehört.“ Leigh überlegte. „Ich glaube, das ist eine von diesen Klosterinseln, auf denen Frauen verboten sind.“

„Dann dürfte es nicht leicht werden, ein Treffen zwischen diesem Ermias und dir zu arrangieren.“

„Wenn er ein koptischer Mönch ist, wird er das gar nicht wollen.“

„Ich bin inzwischen so weit zu sagen, dass er keine Wahl haben wird. Wo liegt Daga?“

„Im Tana-See. Drei- vierhundert Meilen. Da sind wir locker einen Monat unterwegs. Wenn wir Reittiere besorgen können.“

„Nicht, wenn Sie fliegen.“ Der junge Mann vom Nebentisch sprach ein fehlerfreies Englisch mit einem lokalen Akzent, den Jon nicht einordnen konnte. „Es tut mir leid, ich habe Ihr Gespräch überhört. Sie müssen schnell nach Daga kommen? Und Sie haben Ärger mit der Garde der Kaiserin, ja? Hören Sie, ich kenne Leute, die können Ihnen helfen. Aber dafür müssen Sie einem Fremden vertrauen. Aber Fremde sind Sie hier ja selber, auch wenn", der Mann blickte Leigh bedeutungsschwer auf die Brust – dann realisierte Jon, dass er ihr Amulett meinte, „Sie Wurzeln hierzulande haben mögen."

„Sie können uns ein Flugzeug besorgen?" Jon zweifelte an Absichten, Redlichkeit und Ehrlichkeit des Mannes. „Soweit ich weiß, gibt es in ganz Abessinien kein einziges."

„Ihr Wissensstand ist derjenige der Allgemeinheit. Meiner ist, nun ja, etwas aktueller." Der geheimnisvolle Fremde erhob sich – und die Männer an den Nebentischen taten es ebenfalls. Jon realisierte: Sie waren alle bewaffnet und auf ähnliche Weise betont unauffällig gekleidet. „Folgen Sie mir."

Der Fremde und seine Entourage hatten ein Automobil, mit dem sie durch die staubigen Straßen der Stadt fuhren. Einer der Männer aus der Teestube saß am Steuer, einer auf dem Beifahrersitz, zwei standen auf den Trittbrettern. Jon und Leigh durften mit dem Anführer der Gruppe auf der Rückbank sitzen. Jon wollte dessen Namen wissen, aber der Mann lächelte nur und winkte ab. Das Auto verließ die Stadt und brachte sie schließlich zu einem Feld mit einem Gebäude, das anderswo auf der Welt eine Scheune gewesen wäre.

Hier war es etwas ganz anderes, wie Jon und Leigh feststellten, als der Mann sie durch das Rolltor führte: ein Flugzeughangar. Vermutlich der Einzige in einem Umkreis von tausend Kilometern. Er beinhaltete genau ein Flugzeug, das ihn in der Breite fast vollständig ausfüllte: Ein großer Doppeldecker, vielleicht ein Bomber, wie er gegen Ende des Weltkriegs vor einigen Jahren modern gewesen war.

Der geheimnisvolle Fremde ließ Jon und Leigh einen Augenblick, damit sich ihre Augen an das schwache Licht gewöhnen konnten. „Das“, erklärte er schließlich, die Stimme nur leicht von Stolz erfüllt, sonst aber sehr kontrolliert, „ist der Beginn der abessinischen Luftwaffe. Eine Bréguet 16. Die Franzosen haben sie für den Krieg gegen das deutsche Kaiserreich entwickelt und stellen sie noch immer her. Sie kann alles: Neunhundert Kilometer am Stück fliegen. Eine halbe Tonne Bomben über den Feind tragen. Sich mit dem Maschinengewehr am Heck gegen Jagdflugzeuge verteidigen. Wichtige Menschen und Dokumente von A nach B bringen. Und Sie beide, das glaube ich, sind wichtig. Sehr sogar.“

„Wer zum Teufel sind Sie?“ fragte Jon ihren geheimnisvollen Begleiter und sah ihn an. Ebenholzfarbene Haut, eine markante Nase und ein krauser Vollbart, dazu ein teures aber unauffälliges lokales Gewand – und durchdringende, schwarze Augen – der Mann blieb eine Antwort schuldig.

„Wenn Sie schnell nach Daga wollen, bin ich Ihre einzige Chance", sagte er. „Sie können einen Monat mit Kamelen, Maultieren oder zu Fuß unterwegs sein – oder zwei Stunden mit mir fliegen. Die Wahl ist Ihre, aber", er hob warnend den Finger, „Ihre Verfolger sind Ihnen auf den Fersen. Und die Garde der Kaiserin wird Ihnen möglicherweise auch noch weiteren Ärger bereiten. Schnell geben die jedenfalls nicht auf und unauffällig sind Sie beide auch nicht gerade."

Jon und Leigh sahen sich an. Ein Blick in die Runde der Männer besagte, dass sie eh kaum eine Wahl hatten. Die Begleiter des Mannes, der sie, ohne sich vorzustellen, über 380 Kilometer Buschland bringen wollte, hatten bereits mit den Startvorbereitungen begonnen: Sie füllten Benzin aus Kanistern in den Tankstutzen des großen Flugzeugs und luden Dinge aus dem Heck aus, die Ausrüstung oder auch Kisten voller Bomben sein mochten. Offenbar musste Platz und Gewicht freigemacht werden für die beiden Passagiere.

„Gut, wir nehmen Ihre Hilfe an", sagte Leigh schließlich. Jon sagte gar nichts und blickte das Flugzeug an. Er hatte Flieger nie gemocht – weder im Krieg, als sie den Tod über die Gräben trugen, noch danach, wenn sie ihm die Übelkeit in die Knochen trieben, wann immer er den Boden in den lauten, wackeligen Konstruktionen aus Segeltuch und Leichtholz verlassen musste.

„Ich werde Sie bis nach Bahir Dar bringen. Von dort können Sie ein Boot auf die Insel Daga nehmen. Aber seien Sie gewarnt: Die Mönche dort erlauben keine Frauen auf ihrer Klosterinsel. Entweder, Sie bleiben an Land, Dr. Hanworth, oder Sie müssen sich verkleiden. Was sich als schwierig herausstellen könnte. Aber ich bin mir sicher, Sie finden einen Weg. Und wenn dieser Ermias sich dazu erniedrigt, alte Artefakte an fremde Antiquitätenhändler zu verkaufen, dann kann es mit seiner Frömmigkeit ja auch nicht allzu weit her sein." Der Mann zwinkerte Leigh zu, die ein wenig errötete.

Männer brachten das Gepäck aus dem Hotel – Leighs Koffer und Jons halbleeren Rucksack, dann wurde das Tor beiseite gerollt und die Männer, Jon eingeschlossen, schoben das Flugzeug auf die Wiese vor dem Hangar. Der Mann mit dem Bart hatte inzwischen eine Fliegerjacke angezogen, die der von Jon ähnelte – vervollständigt allerdings durch eine Haube und eine Fliegerbrille. Offenbar war er ihr Pilot. Er wechselte noch einige Worte mit den Männern und deutete Jon und Leigh dann an, durch eine seitlich in den Rumpf eingelassene Luke ins Flugzeug zu steigen.

Draußen drehte einer der Helfer den Motor an, während der Pilot rauf in den Steuerstand kletterte. Jon überließ Leigh den Sitz hinter dem Piloten, der einem Beobachter oder Bombenwerfer vorbehalten war. Er selbst kauerte sich zu ihren Füßen in den Rumpf – ohne Fenster und nur durch das offene Dach des Flugzeugs erleuchtet. Der Motor stotterte erst und dröhnte dann los. Nach einigen Hopsern über die stoppelige Wiese hob der Flieger ab.

Der Flug sollte keine drei Stunden dauern. Am Boden wären es Tage oder gar Wochen gewesen. Aber mit der Breguét des geheimnisvollen Mannes wurde aus mehreren hundert Meilen Buschland ein Katzensprung. Jon saß im Bauch des Fliegers, rückwärts zur Flugrichtung. Der Motor dröhnte hinter ihm, vor ihm befanden sich Leighs hübschen Beine, allerdings von ihren Khakihosen bedeckt. Er strich mit der Hand ihren Schenkel entlang – Leighs Hand gab seiner einen verspielten Klapps, dann fiel sein Blick an Leighs Hüfte vorbei ins Dunkel des Flugzeughecks. Etwas hatte sich bewegt.

Jon kauerte ein Stück weiter herunter, um unter dem Sitz auf dem Leigh saß hindurchsehen zu können. Im Engen Heck befanden sich einige Säcke, von denen sich einer gerade vorsichtig öffnete. Jon zwängte sich Leigh vorbei – der Motorenlärm machte jede sinnvolle Verständigung unmöglich. Leigh, offenbar enttäuscht, dass er auf ihren Klapps hin tatsächlich aufgehört hatte, sie zu tätscheln, tastete in sein Haar, während er sich vorsichtig um sie herumbewegte. Er stützte sich gegen eine der Leichtmetallstreben, aus denen der Flieger gemacht war. Die Stoffbespannung dazwischen vibrierte im Flugwind.

Der Sack hatte sich inzwischen geöffnet. Eine hellbraune Hand mit einem Revolver darin kam zum Vorschein. Jon stieß sich ab und stürzte sich auf den Mann, der eben aus dem Sack gekrochen kam. Der riss die Augen überrascht auf, feuerte seinen Revolver ab, verfehlte. Jon griff mit einer Hand den heißen Lauf der Waffe, mit der anderen Schlug er dem Mann direkt ins bärtige Gesicht. Ein weiterer Schuss krachte, links von Jon erschien ein heller Lichtstrahl, der in das Innere des Flugzeugs tastete. Jon schrie kurz auf, entriss dem Mann dann den Revolver und ließ das heiße Metall fallen.

Er griff mit der Hand nach dem Mann, bekam ihn aber mit verbrannten Fingern nicht zu packen. Das Flugzeug kippte in diesem Moment in Richtung Steuerbord, Jon riss seinen linken Arm hoch, um sich an einer Strebe festzuhalten und nicht in die Stoffbahn der Seite zu kippen. Sein Gegner hielt sich auf der anderen Seite fest und nutzte die Gelegenheit, einen Krummdolch aus seinem losen Gewand zu zücken.

Die Klinge schnellte vor, Jon wand sich zur Seite. Das Flugzeug trudelte weiter, beide Kämpfer mussten sich im Liegestütz auf die Wand legen, die nun zum Boden geworden war. Die Schwerkraft schien auszusetzen, Jon spürte, dass er von der Bordwand abhob. Sein Gegner, dem Aussehen nach kein Abessinier sondern Nordafrikaner, versuchte einen neuen Messerangriff. Jon versuchte, dessen Handgelenk zu greifen und beide rangen in der Luft schwebend um die Waffe. Der Mann versuchte, sich loszureißen, Jon trat ihm ans Schienenbein, sie trudelten heftig gegen die Decke der Breguét. Irgendwie ging ein Messerschnitt an Jons Kopf vorbei, öffnete einen klaffenden Riss in der Backbordwand des Fliegers.

Wind peitschte beiden Männern um die Ohren, als sie auf dem Boden es Fliegers aufprallten – der Pilot hatte es offenbar geschafft, die Maschine zu drehen und wieder ins Lot zu bringen. Nun zog er hoch: Jon und sein Widersacher lagen sich gegenüber und wurden von den Fliehkräften zu Boden gepresst. Der Mann hatte Schweißperlen auf der Stirn und hob offenbar mit äußerster Anstrengung den Messerarm. Jon stützte sich ein wenig hoch, ließ sich in dem Moment zwei Handbreit zur Seite kippen, als das Messer niedersauste und in den Metallsteg eindrang, der sich unter ihnen befand.

Das Messer zwischen ihnen glänzte im Lichtstrahl, der durch das Einschussloch in der Steuerbordwand in diesem Moment darauf fiel. Auf der anderen Seite klaffte ein Loch in der Bordwand, durch das Wind hereinheulte. Jon stützte sich hoch, stieß sich mit den Beinen ab, über den Krummdolch hinweg auf seinen Gegner. Er schaffte es, auf dessen Rücken zu gelangen, wollte ihm den Arm umdrehen, als der Flieger seine Parabel beendete und die Schwerkraft an Bord wieder abflaute. Der Attentäter nutzte die Chance, sich ebenfalls hochzudrücken und Jon fast von sich ab ins Heck der Breguét zu werfen. Der hielt sich fest, nahm den Mann in den Schwitzkasten. Dieser griff nach etwas, das zwischen Bordwand und Bodensteg klemmte: Der Revolver.

Der Mann hätte versuchen können, mit der Waffe über seine Schulter auf Jon zu zielen, der ihn würgte. Das tat er allerdings nicht. Stattdessen richtete er den Revolver vor sich, in Richtung Bug des Fliegers – auf Leighs Rücken, der zwei Meter vor den beiden Kämpfern ins Innere des Fliegers ragte. Jons linker Arm war um den Hals seines Gegners verschränkt, sein rechter Griff nach dem Waffenarm und ruckte diesen zur Seite, als der gerade den Abzug drückte. Der Schuss verfehlte Leighs Po vermutlich nur um wenige Handbreit. Der unbekannte Mann versuchte es erneut aber Jon ließ ihm nicht die Gelegenheit: Er drehte sich mit dem Mann vor sich herum und stieß ihn durch das Loch in der Bordwand ins Freie, während er sich mit der rechten Hand gerade noch an der Strebe darüber festhalten konnte.

Der Attentäter stürzte mit einem kurzen Aufschrei in den offenen Himmel, den Jon, nun im Loch in der Bordwand hängend, erstmals mit geblendeten Augen zu sehen bekam. Hunderte Meter unter ihnen befand sich die afrikanische Buschlandschaft, ansonsten gleißende Helligkeit in Blau- und Weißtönen. Schnell stabilisierte er sich mit der verletzten linken Hand und drückte sich zurück ins Innere des Fliegers. Leigh hatte ihren Gurt gelöst und war dabei, sich durch die Luke nach unten zu ihm in den Bauch des Fliegers zu zwängen – ihre Augen wurden groß, als sie das Loch in der Bordwand sah. Jon machte ihr mit Gesten klar, dass es einen

Kampf gegeben hatte und Leigh nickte, bevor sie sich wieder in ihren Sitz begab. Dann beugte sich sie noch einmal herunter, um Jon ein Zeichen weiterzugeben, das offenbar von ihrem geheimnisvollen Piloten kam: Festhalten.

Als Jon wieder auf seinem Platz vor Leigh war, sah er, dass sich die Hose des Piloten dunkel gefärbt hatte. Der Mann war verwundet. Jon tippte Leigh an. Sie beugte sich runter, er rief ihr ins Ohr: „Wir müssen unseren Piloten verarzten. Ich übernehme das Steuer, du verbindest ihn." Leigh blickte ihn ernst an und nickte. Jon krabbelte die zwei Meter nach vorne zum Piloten, tippte ihn an und zog ihn dann zu sich herunter. Der selbstbewusste Ausdruck im Gesicht des Unbekannten war grimmiger Entschlossenheit und unterdrücktem Schmerz gewichen, die ebenholzfarbene Haut blasser geworden. „Sie verbluten uns noch", rief er dem Mann ins Ohr. „Dr. Hanworth wird Sie verbinden. Ich übernehme solange das Steuer. Aber bleiben Sie um Himmels willen am Leben, um dieses Ding zu landen!" Der Mann nickte dankbar und begab sich zur wartenden Leigh, die bereits Verbandszeug aus einem Kasten im Heck beschafft hatte.

Jon zwängte sich durch die Luke in die blendende Außenwelt. Er bereute sogleich, den Piloten nicht nach dessen Fliegerbrille gefragt zu haben. Er konnte im peitschenden Fahrtwind des Propellers kaum etwas sehen. Ihm blieb nur, das Steuerruder zu umklammern und zu versuchen, die Maschine gerade und in der Luft zu halten. Einige Zeit später tippte ihm jemand ans Bein. Es war der Pilot, mit zerschnittener Hose und Verbandszeug, das darunter hervorleuchtete – die Kugel hatte offenbar seinen Oberschenkel durchschlagen. Er bedeutete Jon zu sich und rief ihm ins Ohr: „Ein weiterer Gruß meiner Feinde. Keine Sorge, ich bringe Sie heil nach Bahir Dar." Dann zwängten Jon und der Pilot sich aneinander vorbei und der Mann aus Addis Abeba übernahm wieder das Steuer.

Die Landung auf einem Acker nahe Bahir Dar war nur deshalb keine Bruchlandung, weil das Flugzeug augenscheinlich keine weiteren Schäden davontrug, als es mit dem Loch in seiner Bordwand ohnehin schon hatte. Der Fremde hatte die Maschine mit eingeschränkter Aerodynamik nur schwer unter Kontrolle halten können. Dann, endlich, stand der Motor und die drei Insassen des Fliegers strauchelten aus der Maschine.

Der mysteriöse Wohltäter sandte Jon und Leigh davon, bevor die Schar Schaulustiger aus dem Fischerdorf auf das nahe Feld kam, um die große Flugmaschine zu bestaunen. Die beiden Reisenden machten einen Bogen um eben diese Leute und überließen es dem Mann, den Leuten zu erklären, was sein Flugzeug hier machte und dass er Hilfe brauchte. Einzig eine Karte mit einem Postfach hatte er Leigh noch gegeben, mit der Bitte, ihn doch über den Ausgang ihres Abenteuers zu unterrichten.

Sie kamen ins Fischerdorf. Leigh hatte ihnen schnell eine Unterkunft für die Nacht besorgt: Eine Herberge, die normalerweise hauptsächlich von Händlern und Pilgern genutzt wurde. Während Jon seine schmerzende Hand verband, war seine Begleiterin ausgegangen, sich ein wenig im Dorf umzuhören – sie würde hier zumindest etwas weniger auffallen als er.

Es wurde Abend und dunkle Wolken am Himmel kündigten nahenden Beginn der Regenzeit an. Jon saß auf der überdachten Veranda der Herberge, die auch als lokales Teehaus diente. Leigh kam dazu. Eine Gruppe von Kindern hatte sich um die beiden seltsamen Ausländer geschart. Jon unterhielt die Meute mit ein paar Taschenspielertricks und Leigh beobachtete ihn, während sie ihren heißen Tee schlürfte. Dann prasselten die ersten dicken Regentropfen auf das Strohdach über ihnen und die meisten der Kinder rannten schnell nach Hause, um nicht nass zu werden.

„Wenn wir auf diese Insel wollen, musst du entweder hierbleiben oder dich verkleiden", sagte Jon, als sie alleine waren. Die nun immer dichter werdende Dunkelheit wurde von einer Öllampe auf dem Tischchen zwischen ihnen zurückgehalten, die allerdings auch eine Menge Krabbeltiere anlockte.

„Glaub bloß nicht, dass ich die letzten Meter nicht mitkomme, Jon Danger", antwortete Leigh. „Dieser Ermias scheint es mit den Regeln seines Ordens ohnehin nicht so genau zu nehmen."

„Wir müssen ihn aber erst einmal finden. Und ein Boot brauchen wir auch."

„Ein Boot habe ich uns schon besorgt." Leigh lächelte. „Und als Mann verkleiden kann ich mich auch – ich habe nämlich in einer Kiste mit Spenden eine Mönchsrobe gefunden, die ein Pilger hier verloren hat. Du siehst, ich habe alles bestens vorbereitet."

„Aber überlass das Reden mir, ja?"

Am nächsten Morgen wachte Jon zu einem dröhnenden Geräusch auf. Leigh war verschwunden. Aufgeregte Rufe klangen von draußen in den Verschlag, der als Zimmer der Herberge diente. Jon lief auf die Straße. Menschen standen überall, blickte nach oben. Sein Blick folgte denen der Dorfbewohner – und traf auf die gewaltige Silhouette eines Luftschiffs, das sich mit dröhnenden Motoren über die Siedlung schob. Dem Geräusch nach zu urteilen, beschleunigte der Zeppelin. Er war mit dem Bug bereits über dem See, hatte einen nördlichen Kurs eingeschlagen. In einem Korb, der gerade winzig in einer Öffnung in dem gewaltigen Tragkörper verschwand, glaubte er noch kurz einen braunen Lockenschopf zu sehen. Dann war der Korb per Seilwinde ins Innere des Luftschiffs verschwunden.

Jon hatte im Krieg Zeppeline gesehen. Dort, wo bei denen der deutschen Luftwaffe ein Balkenkreuz als Identifikationsmerkmal gedient hatte, hatte dieser ein seltsames Emblem aus einem vielzackigen Stern mit einem Kreuz und einem seltsam gerundeten Davidstern darin. Sie hatten Leigh. Er musste ihnen folgen. Jon rannte los, blindlings und ohne Plan. Dann sah er es: Etwas fiel aus der Luke im Tragkörper – mit einem Seil daran. Er beschleunigte noch einmal, um das, was da zwischen die Hütten des Dorfs gefallen war, zu erreichen, während es mit einem Seil hinter dem gut zweihundert Meter höher gelegenen Luftschiff hinterhergezogen wurde.

Käpt'n Jost van den Bodden befahl den Aufstieg des Zeppelins, den die Ritter des Goldenen Zirkels „Nibelung" getauft hatten. Das Luftschiff war dereinst im Dienst der Kaiserlichen Deutschen Kriegsmarine gewesen. Nun war es das Flaggschiff der geheimen Luftwaffe eines noch nicht existierenden Staates. Die meisten seiner Männer, das wusste, van den Bodden, waren als Söldner an Bord, nicht weil sie an die Sache glaubten. Aber sie genossen die Freiheit am afrikanischen Himmel, wo es niemanden gab, der ihnen ihre Herrschaft streitig machen konnte.

Durch die Fenster der Kommandogondel war nur noch das Weißgrau der Wolken zu sehen, die sie in wenigen Momenten durchbrechen würden. In den aufziehenden Regen wollte der Käpt'n sein Schiff nicht hineingeraten lassen. Van den Bodden zündete sich eine Zigarre an, wohl wissend, dass dies auf einem Luftschiff ein gefährliches Privileg war. Die Landeoperation in dem Fischerdorf war wie ein Uhrwerk abgelaufen. Der Wiederaufstieg hatte etwas mehr Ballast gekostet als erwartet — aber unter Gefechtsbedingungen (und so betrachtete van den Bodden seine Fahrten über dem Schwarzen Kontinent eigentlich immer) war die Luftschifffahrt eine Frage von Schätzung und Gefühl.

Der Nibelung wurde vom Weiß der Wolken umgeben und gewann weiter an Höhe. Über den Wolken würde van den Bodden einen gegenwindigen Kurs befehlen, um die Position zu halten und dort oben den Monsunregen abzuwarten. Morgen früh konnten sie die Landeoperation auf der Insel durchführen. Bis dahin hatten sie hoffentlich mehr Informationen aus der Gefangenen herausbekommen. Die befand sich im Frachtbereich oberhalb der hinteren Gondel, achtzig Meter von der Kommandogondel entfernt. Henk und seine Jungs würden sie sich vornehmen, sobald der Zeppelin in ruhigere Lüfte kam.

Doktor Jonathan Daniel Danger kletterte um sein Leben. Seine Arme zitterten, seine Finger krümmten sich in Krämpfen. Um ihn herum nur weiße Feuchtigkeit. Oberhalb der Wolken würde man ihn von den Gondeln des Luftschiffs aus sehen können. Er musste das Fahrzeug vorher erreichen. Die simple Tatsache, dass das Seil noch hing, deutete darauf hin, dass er nicht entdeckt worden war.

Wieder schob er sich mit den Füßen ein Stück höher, das Tau zwischen den Schenkeln eingeklemmt, die Hände im verzweifelten Griff. Um ihn herum dröhnten Wind und die Motoren des Zeppelins. Über ihm wurde es unmerklich dunkler. Noch ein Stück. Noch eines. Ein Blick nach oben verriet ihm, dass er sich im Schatten eines Giganten befand. Dann rissen die Wolken um ihn herum kurz auf und er erkannte, dass er sich nahe der dröhnenden Luftschrauben der beiden hinteren Motorengondeln befand, die in einem Abstand von etwa fünfzehn Metern seitlich unter dem Heck des Zeppelins hingen. Es waren höchstens noch zehn Meter bis zu jener Luke, aus der das Seil heraushing.

Klatschnass zog sich Jon durch die offene Luke in das Dunkel des Tragkörpers. Mit letzter Kraft hievte er sich auf einen zentralen Laufsteg aus Aluminium und sank nieder – allerdings vorsichtig, nicht zur Seite abzurollen – die Stoffhülle hätte ihn niemals getragen. Das Seil hing an einer Winde mit einer Handkurbel über einer offenen Luke und war bis zum Ende abgerollt. Jemand hatte eine Bremse gelöst. Jemand, der vermutlich wollte, dass er, Jon Danger, an Bord gelangen konnte. Jemand, der vermutlich Doktor Ashleigh Hanworth hieß. Jon zitterte am ganzen Körper und erbrach dann neben den Steg auf den Stoff der Traghülle.

Das Motorendröhnen sowie das laute Rauschen des Windes auf der riesigen Oberfläche des Zeppelins machten es unmöglich, andere Menschen in der Umgebung zu hören. Es war kalt. Als sich Jons Augen an die Dunkelheit gewöhnt hatten, begann er, seine Umgebung besser wahrzunehmen. Er befand sich in einem Hohlraum unterhalb der großen Traggasballons, die in dem stromlinienförmigen Tragkörper des Zeppelins aufgereiht untergebracht waren.

Nach rechts und links verschwand der Boden in einer Krümmung nach oben. Vor und hinter ihm wölbte sich die Decke aus gewaltigen Ballons fast bis zum Boden herunter. In Netzen, an Metallstreben aufgehängt, befand sich Fracht: Bündel und Stahlfässer. Es musste eines von mehreren Frachtkompartiments des Luftschiffs sein. Jon rappelte sich auf. Er musste Leigh finden. Und einen Weg, wieder von dem Zeppelin zu entkommen. Ein Blitz erhellte durch den Stoff der Außenhülle hindurch den Frachtraum. Donner rumorte – beunruhigend nah, sehr laut und, wie Jon feststellte, unter ihm.

In der Mitte führte ein Steg mit Geländern vermutlich die gesamte Länge des Tragkörpers entlang. Jon folgte der Gangway in Richtung Bug.

Doktor Ashleigh Hanworth spielte auf Zeit. Die drei Männer hatten zunächst versucht, sie im Frachtraum zu verhören. Das hatte sich als Fehler herausgestellt, da der Lärm schon ein normales Gespräch nahezu unmöglich machte. Also hatte man sie in die hintere Backbordgondel gebracht, in der Glasscheiben zumindest einen Teil des Lärms des Tropengewitters und des Windes der Außenwelt draußen hielten. Der Lärm der Maschine war etwas anderes aber schließlich stellten sie diese ab – der Zeppelin würde sich mit den Luftschrauben der vorderen beiden Gondeln durch die Luft ziehen.

Sie hatten ihre Handgelenke über ihrem Kopf an eine Strebe gebunden. Dann war Henk gekommen und hatte das Gespräch mit einem Schlag in ihren Magen eröffnet. Die Männer wollten einen Namen. Leigh hatte kurz überlegt, einen Falschen zu nennen – die Idee dann aber wieder verworfen. Es hatte weitere Schläge gegeben. Weitere Demütigungen. Ihr blieb nur die Hoffnung, dass das Seil die Rettung in Form ihres Exliebhabers und Freundes Doktor Jonathan Daniel Danger an Bord bringen würde. Sie hatte es in einem unbeobachteten Augenblick gelöst, direkt nachdem sie an Bord gebracht worden war. Das Aufheulen der Motorengondeln des beschleunigenden Zeppelins beim Aufstieg hatte das Geräusch überdeckt. Ihre drei Häscher waren keine Luftschiffer, sie hatten das Seil nicht weiter beachtet und sie, noch blinzelnd im schummrigen Halbdunkel des Frachtraums, direkt weitergeführt.

Hoffentlich war Jon herausgekommen. Hoffentlich hatte er das Seil gesehen. Hoffentlich hatte es bis zum Boden gereicht. Hoffentlich hatte er es einholen können, als das Luftschiff beschleunigte. Ein weiterer Schlag unter die Rippen trieb den Atem aus Leighs Lungen und ein Stöhnen über ihre Lippen. Sie musste durchhalten. Für sich. Für Jon. Und für den Mönch auf der Insel Daga, der nicht wusste, welche brutale Bande von Luftpiraten Kurs auf sein Leben genommen hatte.

Jon sah den Mann auf der Gangway, bevor dieser ihn sah. Er sprintete los. Sein Gegenüber war bärtig, ein paar Jahre älter und trug einen gefütterten Overall sowie eine Lederkappe. Jon sprintete auf den Mann zu. Der blickte auf, zunächst ohne zu realisieren, dass ein Feind an Bord war. Jon sprang halb an ihm vorbei, hakte sein Bein hinter dessen Knie und warf ihn aus vollem Lauf auf die metallene Laufplanke.

Der Mann blieb reglos liegen. Jon prüfte kurz, ob sein Gegner noch atmete, was dieser tat, stieg dann über den Mann hinweg. Der Steg formte eine Kreuzung – an Steuer- und Backbord führten jeweils einige Meter entfernt Luken nach unten aus dem Tragkörper heraus. Vermutlich in die Motorengondeln.

Jon legte sich auf den Steg, zückte den Krummdolch und schnitt einen Schlitz in die Außenhülle. Er schob seine Hand hinein, teilte den Stoff und blickte hinab in die graue Suppe der Wolken – und auf die Backbordgondel schräg unter ihm. Durch das Fenster sah er Henks blonden Haarschopf und das sonnengerötete Gesicht des Buren. Dann eine schnelle Bewegung, der Mann hatte jemanden geschlagen. Jon rappelte sich auf die Füße und eilte den Steg in Richtung der Luke eben dieser Gondel entlang.

Draußen heulte der Wind und unterhalb des Zeppelins befand sich das wetterleuchtende Grau einer gewaltigen Wolkenfront. Zwischen dieser schwindelerregenden Kulisse und Jon befand sich eine Leiter, die in die unterhalb des Tragkörpers gelegene Motorengondel führte. Sie hing wie ein aerodynamischer kleiner Eisenbahnwaggon oder eine sehr große alte Postkutsche unter ihm. Jon machte sich daran, die Leiter hinabzuklettern. Auf dem Dach der Gondel angekommen, ging er auf alle Viere. Es gab eine weitere Luke, die ins Innere führte.

Jon öffnete die Luke und sprang hinein, die Hände an den Rand geklammert. Ein Mann blickte überrascht auf und bekam die Stiefel des Kanadiers beide mit Schwung ins Gesicht, was ihn rückwärts auf den Maschinenblock warf, der das Zentrum des Gondelraums ausfüllte. Der Mann schlug mit dem Kopf auf den Metallkörper und blieb reglos liegen, während Jon auf dem Boden landete und Henk gegenüberstand. Dieser stand neben der gefesselten Leigh.

Jon zückte den Krummdolch des Attentäters aus dem Flugzeug. Henk hatte seine Überraschung schnell überwunden und holte sein Faustmesser hervor. „Dieses Mal bist du dran, Danger", knurrte der Südafrikaner und schlug mit der Klinge nach Jons Brust. Der wich aus, schwang den Krummdolch, sein Gegner duckte sich unter der viel zu hohen Attacke hindurch und machte einen Ausfallschritt schräg vorwärts.

Leigh fiel auf die Knie – Jons Attacke hatte nicht Henk, sondern den Seilen gegolten, die sie gefesselt hatten. Er hatte keine Zeit, sich um sie zu kümmern: Henk griff erneut an. Jon wich ein Stück zurück stieß mit dem Rücken an die Glasscheibe der Wand, in der sich mit einem Knacken ein Sprung bildete. Jon trat nach Henks Knie, der drehte sich zur Seite, strauchelte, fiel, und stieß Jon das Faustmesser durch den Fuß ins Deck der Gondel. Jon schrie auf, ließ den Krummdolch fallen, krallte seine Hände in den Kopf seines Gegners, während er mit dem Rücken an der Wand zu Boden sank. Sein Fuß war fest mit dem Boden verbunden, seine Daumen suchten Henks Augen, fanden dessen Mund, der Bure biss zu, Jon riss seinen linken Daumen los und trat mit dem freien Bein nach seinem Gegner. Der zog sich an ihm hoch riss das Faustmesser aus Fuß und Boden, holte aus, um es Jon in den Magen zu rammen.

Ein Schuss donnerte, ohrenbetäubend in der kleinen Gondel. Henk fiel auf die Seite. Ashleigh stand keinen Meter entfernt, die selbstladende Großkaliberpistole in den Händen, die noch mit einer Lederkordel mit dem Gürtel des bewusstlosen Mannes auf dem Motor verbunden war in beiden Händen. Zitternd ging sie auf die Knie, Jon humpelte einen Schritt zu ihr und legte seine Arme um sie, senkte die Pistole ab und flüsterte ihr beruhigende Worte in die Ohren.

Viel Zeit blieb ihnen nicht. Jon blickte hoch und sah, dass die Aktion nicht unentdeckt geblieben war: In der Steuerbord-Motorengondel, die in zwanzig Metern Entfernung parallel zu ihnen hing, montierte jemand ein Maschinengewehr im Fenster. Jon zog Leigh hinter den Motorenblock zu Boden. Dann klingelte ein Fernsprecher, der neben der Leiter hing. Jon und Leigh blickten sich an. Jon kroch zur Leiter, griff nach oben und holte den Hörer des Fernsprechapparats zu sich herunter, sodass er vom Fenster aus nicht sichtbar war.

„Ja?“
„Hier spricht Captain van den Bodden. Ich würde gerne wissen, wer Sie sind und was Sie an Bord meines Luftschiffs zu suchen haben. Wir haben genug Feuerkraft auf Sie gerichtet, um Ihnen wirklich das Leben zur Hölle zu machen.“
„Hier spricht Doktor Jon Danger. Sie haben meine Freundin Doktor Ashleigh Hanworth entführt und ich bin hier, um sie zu befreien. Würden Sie wirklich auf Ihr eigenes Schiff feuern? Tun Sie das und wir setzen Ihren gottverdammten Zeppelin in Brand. Dann gehen wir alle drauf.“

Jon wusste, dass Luftschiffer nichts mehr fürchteten als Feuer – tausende Kubikmeter brennbaren Gases bedeuteten, dass der Zeppelin von einer Bombe getragen wurde.

„Das bezweifle ich“, antwortete die Stimme aus dem Fernsprecher. Dann ratterte das Maschinengewehr in der anderen Gondel. Jon rollte sich zu Leigh hinter den Motorenblock. Glas- und Holzsplitter füllten die Luft, als dutzende Kugeln die Gondel zersiebten. Jon und Leigh lagen eng umklammert hinter dem Motorblock. Leigh hatte die Pistole des Luftschiffers mithilfe des Krummdolches von ihrer Kordel getrennt. Als das MG aufhörte zu feuern, richtete sie sich auf, zielte mit beiden Händen über den Motorenblock hinweg und feuerte drei-vier Schuss in Richtung der anderen Gondel ab.

Jon blickte sich in der zerschossenen Gondel um. Er hörte Geräusche, von den Metallstreben oben weitergetragen. Man würde versuchen, die Gondel zu erstürmen. Dann sah er neben sich etwas an der Wand hängen, das aussah wie Seesäcke mit Harnischen daran. Jon tippte Leigh an und sie verstand. Er nahm ihr die Pistole ab, zielte auf die Luke. Sie raschelte hinter ihm mit dem Geschirr, während das MG wieder feuerte und ihnen die Kugeln um die Ohren flogen, den Motorblock aber offenbar nicht zu durchschlagen vermochten.

Leigh tippte Jon auf die Schulter. Er war dran. Er schnallte sich das Ledergeschirr um, so schnell es ging. Leigh feuerte neben ihm mit der Pistole auf die Luke. Einmal. Zweimal. Dann ein Klicken, das die Angreifer oben glücklicherweise kaum hören würden. Das MG feuerte noch einmal kurz, dann verstummte es. Jon und Ashleigh sahen sich an, nickten. Beide standen auf, griffen ihren jeweiligen Seesack und ließen sich dann rücklings durch das zerschossene Fenster fallen.

Der gleiche Mann, der Jon seine Fliegerjacke geschenkt hatte, hatte ihm die Funktionsweise von Fallschirmen erklärt. Eine neue Erfindung, wie die gesamte Fliegerei, waren sie eine unsichere Sache. Ein Drittel aller Piloten im großen Krieg, die mit einem Fallschirm ausgestiegen waren, hatten es nicht überlebt. Aber das lag daran, dass sich die Schirme oder ihre

Reißleinen gerne in Propellern verfingen – und der an der Gondel war in keinem Zustand, sich zu drehen. Jon und Leigh fielen gut hundert Meter im freien Fall, dann rissen die Leinen die Fallschirme auf und beide wurden verlangsamt. Ein paar Schüsse fielen oben noch aber das Luftschiff war nun leichter und zumindest teils manövrierunfähig und gewann unfreiwillig an Höhe, während die beiden Flüchtigen in die schützende Wolkendecke sanken.

Im Wetterleuchten der Wolken war es windig, nass und laut – und Jon verlor Leigh schnell aus den Augen. Sein Fuß blutete in seinen Stiefel und er wusste nicht, wie lange der Fall dauern würde. Schließlich wurde die neblige Feuchtigkeit zu einem Sturzregen um ihn herum. Der Fallschirm hielt, aber er taumelte hin und her. Dann sah er das Dunkel des Tana-Sees auf sich zukommen und schlug schließlich ins Wasser. Er schnallte den Fallschirm ab, trat Wasser und sah schließlich Leigh, keine dreihundert Meter weiter mit ihrem Fallschirm herunterkommen.

Irgendwie schafften sie es ans Ufer einer kleinen Insel. Sie schleppten sich an den Strand und brachen beide zusammen. Als letztes nahm Jon wahr, dass Männer in braunen Roben zu ihnen geeilt kamen.

Zwei Wochen später waren Jon und Leigh wieder auf den Beinen. Die Mönche des Klosters Mitsele Fasiladas hatten mit ihnen nicht gesprochen, aber ihre Verletzungen versorgt und sie mit heißer Suppe ernährt. Schließlich hatte man ihnen ein Boot gegeben und ihnen klargemacht, dass sie als Fremde auf der Insel nicht mehr länger willkommen waren. Sie ruderten abwechselnd bis zu jener Insel, auf welcher der Mönch und Antiquitätenschmuggler Ermias lebte. Dieser würde Informationen liefern und dürfte eine Warnung begrüßen – die Männer mit dem Luftschiff waren nicht wieder aufgetaucht, mussten ihr Gefährt vermutlich erst einmal wieder flott machen, wenn sie denn noch lebten. Doch Mächte aus der Außenwelt würden Ermias finden wollen. Er würde fliehen müssen. Aber das ist eine andere Geschichte, nämlich

Jon Danger und die nubischen Pyramiden